KB126844

이연당집怡然堂集 · 下

황금알 시인선 224

이연당집 · 하 怡然堂集 · 下

초판발행일 | 2020년 12월 12일

지은이 | 신승준
펴낸곳 | 도서출판 황금알
펴낸이 | 金永馥
선정위원 | 김영승 · 마종기 · 유안진 · 이수익
주간 | 김영탁
편집실장 | 조경숙
표지디자인 | 칼라박스
주소 | 03088 서울시 종로구 이화장2길 29-3, 104호(동숭동)
전화 | 02)2275-9171
팩스 | 02)2275-9172
이메일 | tibet21@hanmail.net
홈페이지 | http://goldegg21.com
출판등록 | 2003년 03월 26일(제300-2003-230호)

*이 도서의 국립중앙도서관 출판예정도서목록(CIP)은 서지정보유통지원시
  스템 홈페이지(http://seoji.nl.go.kr)와 국가자료종합목록 구축시스템
  (http://kolis-net.nl.go.kr)에서 이용하실 수 있습니다.
  (CIP제어번호 : CIP2020051674)

이연당집 怡然堂集 · 下

신승준 시집

황금알

2016년 처녀 시집 『이연당집·上』을 출간할 때 어느 선배 시인이, 한 달은 행복할 거라고 했는데 어찌 된 일인지 나는 시집이 세상이 나온 다음날부터 『이연당집·下』를 생각하느라 행복할 수 없었습니다. 상권 서문에 "굳이 '상'이라고 함은 언제가 될지는 모르겠으나 '중'이나 '하'를 이어서 내겠다는 내 의지의 표현"이라고 한 이상 '하'를 내지 않을 수 없었기 때문이었습니다. 이제 탈고를 하면서 어떤 의무감에서 해방되는 듯하여 그 행복감을 만끽할 수 있을 것 같습니다. 그 행복감에는 시집에 대한 것만이 아닌 듯합니다. 33년간의 직장(도회지)생활을 끝내고 낙향을 한다는 즐거움도 함께하기 때문이라 생각합니다.

시집을 준비하면서 상권 보다는 나아야 한다는 중압감이 늘 나를 괴롭혔습니다. 그러면서 시詩의 본질에 대하여 생각하게 되었습니다. 시는 압축이고, 생략이며, 독백입니다. 시는 불완전한 문장으로 인간의 가장 깊은 내면의 세계를 노래하는 특징도 갖고 있습니다. 따라서 시는 짧으면 짧을수록 더 풍부한 감정을 표현할 수 있다고 믿습니다. 언어에 내재되어 있는, 의미를 넘어서는 눈빛, 몸짓, 무언의 교감 같은 형식이 때로는 더 정확한 표현일 수 있기 때문입니다. 일본 하이쿠俳句의 대가였던 마쓰오 바쇼松尾芭蕉도 그의 문하생들에게 "모습을 먼저 보이고 마음은 뒤로 감추어라"라는 말로 시를 지도했다고 합니다. 즉 사물은 분명히 드러내는 반면, 시인이 진정으로 표현하고자 하는 내면은 가급적 숨겨서 시적 효과를 극대화한다는 것이니 어쩌면 그 표현이 맞을 지도 모릅니다.

그 동안 『이연당집 · 上』을 접한 분들이 이연怡然의 의미대로 얼마나 '그저 그렇게 즐거웠을까' 생각하면서 『이연당집 · 하』를 세상 속으로 내보냅니다. 아무쪼록 이 시집을 접하는 모든 이들이 꼭 그렇게 되기를 두 손 모아 축원드립니다.

끝으로 늘 문학의 길에서 큰 힘이 되어주시는 김영탁 시인과 졸시를 크게 평해 주시고, 적확히 해석해 주신 문학평론가 권온 선생님께도 이 자리를 빌어 깊이 감사드립니다.

2020년 12월 길일
이연당에서 신승준

차 례

2부 시후여정時候旅情

3부 와초관세臥草觀世

4부 유수부사流水浮思

1부

이연당부 怡然堂賦

순례를 떠나며

항해는 끝났다
잠시 휴식을 위해
배는 항구에 정박한다

긴 여정에서
함께했던 눈 부신 햇살
내 얼굴을 스치고 지나가던 미풍
방향각을 알려주던 무수한 별
이 모든 이들에게
감사의 기도를 드린다

길지 않은 휴식이 끝나면
다시 길을 떠난다
그 길은 순례
햇살도, 미풍도, 별도 없는
철저한 혼자만의 길이다

목적은 있으나
목표는 존재하지 않는

오롯한 순례의 길
내 길이 끝나는 날
그 길도 끝나겠지

이순耳順

나이가 삶의 영광도
세월의 벌도 아니라지만,
귀가 세상의 이치를 따른다는
이순,
육십 년의 세월을 살았다

이제야 세상이 눈에 들어오고
참된 소리가 들리는 듯하다
그러나 새벽에 보았던
영롱한 초로草露도
아침 햇살에 사라지듯
평생 참이라고 믿었던
그 수 많은 명구名句도
한낱 티끌과 같이 흩어지고
우리는 또 침묵의 밤을 맞이한다

육십 평생
나를 성가시게 하던
사사망념邪思妄念에 쫓기어

14

그 굴레의 의미마저 의심하였건만
이 세상은 그들까지도
존재해야만 비로소
완성된다는 사실을 깨달았으니
나도 이제
이순임이 분명하도다

농부, 봄을 깨우다

봄은 농부가 깨운다
그게 농부가 할 일이다

봄!
만물이 생동한다 한들
농부가 깨우지 아니하면
어찌 시작될 수 있으랴

농부를 천하의 대본이라 함은
시절의 근본인 봄을
깨우기 때문이리라

지금 이 시간

폭풍 같은 망념妄念과
갈등의 시간이 지나간다
저만치 밀려갔다
다시 해일처럼 밀려온다
인간의 의지는 배반당하고,
침묵만이 지배하는 무언의 시간으로
안거安居에 든 수도승이 되어
축소된 백 일로 견성見性에 이른다

수없는 곡절을 겪으면서도
정점을 향하여
무거운 발걸음을 옮긴다
격정의 클라이맥스는
초라한 자유에 절규하고
파도에 밀려 산산이 부서지는
모래 같은 시간이 지나간다
          – 인생

늙어 간다는 것

속절없이 가는 청춘이 아쉬워
그 한 자락 떼어내 감춰 두었다가
오는 황혼 끝에 슬쩍
붙여 놓으려 했더니
야속한 세월 어찌 알았는가
뒤돌아온 세월에
머리에는 하얀 꽃이 만발하네

막을 수 없는 세월이라면
늘어나는 백발만큼 만이라도
늙은이의 지혜로
세상을 보게 하소서

누옥지복陋屋之福

세상사, 제 뜻대로 되는 일 있을까마는
늙어 마지막 한 가지 내 뜻대로 하리라
호사수구狐死首丘라 하지 않았던가
떠날 때 떠날 수 있으니 아쉬울 것 없구나

이곳에 이런 친구도 있으니 얼마나 좋은가
골바람 맞으며 산모퉁이 돌아서면
내 마음 꼭 닮은 산빛과 마주하고

해 떨어져 들어서는 토방에는
그윽한 차향茶香과 함께
해변에서 찾아오는 파도소리 벗하며
노변정담爐邊情談 나눌 수 있으니
이만한 복락이면 족하지 아니한가

초하의 이연당에서

자라목 재峴를 넘어
불어오던 바람은
마당 한편에 자리한
자미화 향기 머금고
문지방을 넘어선다

창공을 나르던 새 한 쌍이
그 향기를 쫓아서
팔랑팔랑 뒤따르니
세상에 귀한 것 또 무엇 있으랴

속세를 떠나 등 돌리고 앉은 이곳에
꽃향기와 새들이 친구가 되어주니
차안此岸일망정
이만한 복락이 어디 있겠소

곧 찾아들 피안彼岸이 이만하겠나
화조지화花鳥之和의 벗들과
오래오래 머물고 싶을 따름이니라

어느 여름날

여름날
태풍이 쓸고 지나간
바다를 들여다본다
파란 바닷물 속에 비치는
흰 구름도 나를 바라본다

바다는 시간의 흔적을 남기지 않지만
나는 바다 위에 흩어진 시간의 조각을
가슴에 새긴다
구름을 몰고 온 바람은 그저
시간의 한 토막을 남기고 떠날 뿐

남쪽에서는 또 다른 태풍이
올라온다고 하고
나는 내일로 간다
흘러간 시간을 밟으며
내일로 간다

취우지홍 驟雨之虹

봄부터 가물던 날씨는
여러 달 비를 거부하고 있다
이연당 마당에는 흙먼지 날리고
땅에 뿌리내리고 있는
모든 생명은 목말라 한다

오정이 지나면서
바다 쪽을 덮고 있던 구름이
몰려오나 싶더니 일순 비를 뿌린다
대지의 갈증을 풀어주는 참 고마운 비다
그래서 단비라 하던가

한참을 쏟아붓던 빗줄기는
서쪽 하늘이 밝아지면서 서서히 그치고
구름 속 해님이 얼굴을 내밀며
힘찬 빛을 뿜어낸다
해밀에 뜬 무지개, 이연당에 무지개가 떴다

반가운 비 소식에 무지개가 답을 했네

마당에 서서 두 팔을 벌려
무지개를 부르니 잊었던 그 사람이
그때 그 시간과 함께
무지개를 타고 내게 온다

길을 걷다

가을 숲길을 걸어본다
그 길은 사행천같이 굽은 길
곧은길 마다하겠냐마는
길인들 휘어지고 싶었겠나
굽이굽이 살아온 인생이
어찌 이 길과 다르다고 하겠는가

한참을 걷다 길옆에 피어난
한 송이 들꽃을 바라보니
가을바람에 꽃대가 흔들린다
흔들리는 모양이 삶을 닮았구나

풍상을 견디며 뿌리내린
이 가을꽃처럼 휘어지고 흔들릴망정
나그네의 긴 여정에서
오늘도 흔들리는 삶의 한 마디를,
휘어진 인생의 하루를 넘긴다

시월의 만월

오늘, 시월 보름
만월이 세상을 밝히고
그 달빛에 이끌려
밤길을 걷는다

견불교 건너기 전
모퉁이를 돌아서자
계절이 뿌려놓은
국화 향기가 전신을 감싼다
이 밤에 취하는 것이
어디 국향뿐이랴

기억의 저편
그 어디쯤에서 만났을 법한
그 사람도 뒤를 따른다

국화 향기 그윽한
견불교를 건너
시월의 한 허리를 돌아선다

만추사색 晩秋思索

녹음방초에 묻혔던 이연당에
밤 떨어지는 소리 들리는가 싶더니
어느덧 가을 끝에 섰네

철 따라 지나가는 새 무리
길 건너 거두미 끝난 논바닥에 내려앉아
분망히 부릿짓하며 낙곡을 쪼다
다가서려니 미련 없이 날아가네

아니다 아니다 너를 잡으려 함이 아니다
내 마음 갈 곳 없어 너를 벗 삼으려 했거늘
세월에 밀려난 이내 몸, 너조차 몰라주니
내 마음 둘 곳 그 어드메뇨

이연당부怡然堂賦

뒤돌아 앉은
푸른 골짜기에
흙으로 집 한 채 지어놓고
하는 일 없이
하늘을 쳐다본다

구름은
끝을 모른 채 흘러가고
바람은
그 뒤를 쫓는다

나 여기에
인간의 언어를 뿌려 놓은들
그 누가 알아주겠는가
그저 새들은 노래하고
꽃들은 웃음 짓고
산천은 침묵할 뿐이라네

시작詩作

시詩는 내 인생에서
지울 수 없는 이력履歷이다
한 편의 시가 쓰일 때마다
이를 기념하기 위해
소박한 잔치를 준비한다

장대한 시간의 흐름 속에
미물微物 같은 자신은
흔적도 없이 사라지겠지만
이력은 결국 역사가 되어
작은 돌에 기록될 것이다

영겁永劫의 세월이 흘러
역사에서 문자가 사라진다 해도
그 이력은 화석化石으로 남아
나의 시간을 증명할 것이다

향호 가는 길

눈감으면
다가오는 향호

용숫골 지나
아카시아 꽃향기 가득한
과수원 길을 넘어서면
향호가 있다

어릴 적 고향 동무만큼이나
그리움으로 찾아드는 향호

십오야+五夜 달뜨면
호면에 살며시 내려앉는 달빛
손바닥에 그 빛 한 조각 받아들고
오늘도 말없이 그 길을 되돌아온다

찬견불리讚見佛里

태백산맥 한 허리에
자리한 견불산 아래
동해를 바라보며
옹기종기 모여 사는
살기 좋은 우리 마을

부처를 보았다는 전설인가
만나는 이마다
법의 미소가 넘쳐나고
골물이 넉넉한 땅에서는
철마다 오곡이 넘쳐나네

풍요로운 이곳에서
이웃이라는 이름으로
만난 것도 전생의 연이
닿았기 때문이니라

우리의 이 깨끗한 미소와
아름다운 마음을

고이고이 간직하여
만대에 전하리

어이연당 於怡然堂

留京懷見佛
歸里很麗也
雲在於半腹
村磚霧不僖
麗處之善人
雲霧新日日
雲追風越山
吾亡如朝露

이연당에서

서울에 있으니 견불리가 그립고
돌아와 보니 마을이 참 아름답기도 하여라
구름은 산허리에 걸려있고
마을은 안개에 덮여 잘 보이지 않지만
아름다운 곳에 선한 사람이 나는 법
운무는 매일 새롭게 생겨나거늘
구름이 바람을 쫓아 산을 넘어가듯
나도 아침 이슬처럼 사라지리라

2부

시후여정時候旅情

초춘지정 初春之情

잔설 끝으로 부는 바람이
어제와 달라
저 건너 양지쪽을 바라보니
겨울을 이겨낸 연둣빛 생명이
봄맞이 채비를 하고 있네

지난가을 이곳을 찾았던
철새들은 제각기 자신의 긴 항해를
시작할 것이고,
춘풍에 녹은 얼음물은 개천을 따라
또 자신의 길을 찾아갈 것이다

올봄도 이렇게
바람을 따라 물길을 따라
그 시작을 알리며 제 자리를 찾아가건만
나의 봄은 어디쯤 오고 있기에
이리도 나를 기다리게 하는가

차라리 봄소식을 듣지나 않았으면 모를까

그 소식은 공허함으로 내 가슴을
관통하여 지나갈 뿐
내 마음은 오늘도 내일도
저 잔설의 마지막 순간까지
기. 다. 림.

꽃비

봄을 알리던 그대들
꽃비가 되어 내린다

3월을 넘기며
떨어진 꽃비는
땅을 적시고,

우리는 처절함을 안고
연분홍 그 마음을 밟으며
4월을 건넌다

불사춘不似春

지난 겨우내
그립고 그리던 그대
어젯밤 꿈속에서
꽃바람 타고 온다기에
급한 마음 앞세워
마중 길 나섰더니
그대 모습 어디 갔나
그대 맞을 그 자리엔
북풍한설만 가득하네

오늘 유달산

유달산의 아침이
물기에 촉촉이 젖는다
목포의 눈물이라도 흘릴 것인가

습한 공기에 둘러싸여
자태를 감춘 산은
선창에서 평생을 보낸
바닷가 사람들의
힘든 삶을 위로한다

그 옛날
애수에 잠긴 눈길로
사공의 뱃노래를 듣던
삼학도 대신,
오늘
유달산은 그렇다

영춘迎春

이월 말
늦은 함박눈이
천지를 덮는다
삼남에는 봄의 전령사가
상륙했다는데

우리는 겨울을 지나온 죄인
새롭게 피어나는 봄꽃으로
고해성사를 행하여라

봄은 마음으로 오는 것
깨끗한 우리의 마음으로
꽃을 피워
봄을 맞으라

영랑 숲길
— 김윤식 님께

남도의 소읍 강진
님께서 걸었다는
숲길을 따라 걸었네

지금은
가로막는 숲 향기의 숨길도
밟혀 깨어지는 아침 구슬도
밤이 새도록 들길을 따라다니는
달빛은 만나지 못하였으나

그 숲길에서
모란을 노래하며
찬란한 슬픔의 봄을 기다렸을
님의 모습을 보았네

춘심 春心

한 올 한 올 따 올린
비단의 세월 속에
뒷그림자 감추려
눈을 감아 보건만
앞산 너머 아지랑이
봄을 안고 내 앞에 선다

가느다란 실눈썹
일곱 폭 치마 속에서
살포시 부끄러운 미소를 내밀 때
봄방울 가득 담은
동네 처녀들
오늘도 그 세월 속에서
또 다른 봄을 기다린다

화신 花信

앞산에 꽃 피거든
돌아온다던 그 말

이미 꽃바람은
그 산을 관통하여
진달래 붉게
물들인 지 오래건만

꽃잎에 실려갔나
바람 타고 날아갔나

이 봄도 그저
속아 넘는 꽃소식에
서러움만 가득하네

봄꽃 약속

날 좋으면 찾아간다고
약속은 했건만
이 망할 놈의 꽃은
하필 이런 날
피고 난리인가

가지 못하는 나는
내년에
날 좋으면 찾아간다고
또 약속한다

작은 초상肖像

이렇게 또,
한 봄이 간다
그 많은 사연을 품고 온
봄이었건만
기억의 결만 한층 더하고
자기의 일을 마쳤다는 듯이
아무런 말도 없이
그저 그렇게 간다

그래 가라
갈 테면 가라
가서는 돌아보지 마라
기억의 저 끝에서
아무리 손짓한다 하더라도
절대 돌아오지 마라

여름으로 향하는
봄바람 따라
흐르는 강물에

이 봄에 쌓인 그 기억도
그저 그렇게 흘러간다

홍도야 울지 마라

망망대해에
찍은 점 하나

붉은 동백꽃이라 홍도인가
타는 듯한 낙조라 홍도인가
깃대봉에서 둘러보는 너의 전경은
무엇으로도 형언할 수 없는 미의 천상이라
그저 마음에 담을 뿐

이제 너를 떠나려 한다마는
그리 슬퍼 마라
나 너를 다시 만나러
살아생전 못 오면
죽어서라도 꼭 오마

가을 해변

가을 바닷가는 유난히 스산하다
지난여름에 남겨진 발자국들만
이곳도 부산했음을 말해주고 있다

인적이 떠난 바다는
기억으로만 남겨지고
한가로운 갈매기 무리만
그 자리를 대신한다

뱃전에 자리한 어부는
그물코를 손질하며
생활의 바다를 꿈꾸고
나그네는 푸른 가슴으로
청춘의 바다를 안는다

이 가을에

지난여름 강렬했던 태양
그 잔영이 채 사라지기도 전에
어느덧 만추의 상강인가

바람은 계절의 전령사
조석으로 부는 선듯한 바람에
우리는 또,
한 계절의 모퉁이를 돌아선다

계절은 아무렇지도 않게 오가지만
그 속에 남겨지는 것은
우리가 간직해야 할 시간의 기억들
그 기억의 의미를 되새기며
이 시간에 예를 다 하리라

시베리아 횡단열차

평원에 눈이 쌓이자
짐승들은 발자국을 남긴다
그 발자국을 따라 놓인
평행선 선로 위로
열차가 달린 지 한 세기
오고 가는 열차는 역사도 실어 날랐다
백군과 적군을 태운 군용열차가
너희의 역사라면
흰옷 입은 백성의 통곡이 스민 화물열차는
분명 우리의 것이니
또 한 세기가 지나
평원에 눈이 녹고
짐승의 발자국이 사라진다 해도
망국의 한이 서린
그 역사는 화석처럼 남겨져
먼 훗날 이 길을 지나가는 길손에게
똑같이 전해지길
이 밤 시베리아를 건너는
나그네는 소망한다

하조지몽 夏朝之夢

장마가 끝났을까
맑은 하늘, 깨끗한 공기가
상쾌한 아침을 건넨다
눈 부신 햇살을 피해 앉아
시를 한 편 읽고,
커피를 한 잔 마셨다
이런 아침에는 꼭 그렇게
해야만 할 것 같았다

기억은 시간을 남기고,
추억은 사람을 남긴다
그러나 기억이나, 추억이나
지나가면 모두 잊힐 것이고
잊히면 과거 중에 하나로
그저 그렇게 남겨지겠지

장마는 끝나지 않았다
맑은 하늘, 깨끗한 공기,
이 상쾌한 아침도

과거로 남겨질
한낱 꿈이었을까

아 바이칼

태고부터 간직해온
이 장엄함이 오늘도
여기에 그 장중한 교향곡으로
퍼져나간다

청동 징소리 가닿은 곳까지
정령들은 자신의 세계를 넓히고
이제 고향으로 돌아오는 길
악령들아 물러서거라
신성한 이 길을 더럽히지 마라

푸른 눈 부릅뜨고
순백의 영혼을 지켜 내리니
또 오천 년 세월 뒤에도
이 설원의 마음으로
고이 남으리

그리고, 여독

분명 몸은 돌아왔으나
몸 이외에는 어느 것 하나
함께 돌아오지 않았다
아직 그 어딘가를 배회하고 있을 나는,
그곳에 두고 온 삶의 터럭과
그곳에서의 희미한 기억이 있기에
그나마 지금 내가 있는 듯하다

혼자이기에 주어지는 무료함이
불완전한 평화를 이룬다
눈앞을 스치는 가느다란 고요가
이를 증명하고 있다
배회가 끝나고 나의 몸이
온전한 합일을 이룰 때
불완전했던 이 평화는
결국, 여독이었을 것이다

3부

와초관세 臥草觀世

외과병동

외과병동
입원실 606호
환자마다 손에는 애기 베개만 한
붕대말이를 하고 있다

최팔석 영감 72세
경운기에 왼손 검지와 중지 절단
무덤덤한 표정 뒤로
가을걷이에 한숨이 앞선다

이동선 반장 58세
조선소 철근 더미에 깔려
엄지 봉합, 장지와 약지는 절단
통증보다 산재 장애등급을 걱정한다

게뗀더 천드 네팔 출신 34세
인쇄소 프레스에 오른쪽 손등 절단
없어진 손등보다 네팔에 보내지 못하는
가족 생활비에 밤잠을 설친다

입원실 벽에 걸린
[끊어진 희망을 연결합니다]라는 구호,
이들이 진정 잇고 싶어하는 것은
의미 없는 희망이 아니라
오늘의 생활과 내일의 삶일 것이다

역류逆流

뒷산,
매봉산에 올라
한강 너머를 바라본다
서울, 강남 그리고 압구정동
밤의 적막이
현대백화점 앞으로 흐르고
지하철 3호선은 동호대교를 건너
이 밤을 수평으로 잇고 있다

산에서 내려와
금호역 출구로 나서니
찢어진 "재개발구역" 현수막이
옆을 스친다
적막에서 깨어난 오늘 밤
한강은 그 강폭을
두 배로 벌리며
거꾸로 흐른다

도시의 야경

빌딩 숲으로 석양이 드리우면
백주白晝의 영광을 뒤로하고
분망했던 하루를 마감하는
도시에 밤이 찾아든다

어둠은 골목으로 스며들며
여기저기에 고요를 낳고
빌딩 사이로 부는 골바람은
텅 빈 가슴을 할퀴고 지나간다

밤으로 이어지는 무수한 욕망은
냉혈동물의 비늘같이 꿈틀거리고
도시의 부산물 같은 노숙자는
차가운 가로등 아래서 새벽을 맞는다

광화 狂花

대설이 지난 오늘,
꽃이 피었다
꽃이 미쳤다
이 시절에 피는 꽃은
미친 꽃이다

세월이 미쳤는데
꽃인들 미치지 않고
어찌 버틸 것인가

미쳐서 피는 꽃을
온전한 눈으로 바라보기가
민망할 뿐이다

현상現狀

혼돈의 시간은
광풍과 함께 사라지고
억겁의 시간이 흐른 지금,
모든 사물이 제자리를 찾는다

그러는 사이 기록할 수 없는
수많은 역사가 창조되었다
금관의 시대도, 굴욕의 시기도
차마 역사서에 실지 못할 사건도

역사는 건조한 시간일 뿐
가차假借한 미사여구로 쓰인
삼류작가의 작품이라 할지라도
그런 서글픈 서평에도 불구하고
운명적으로 지속되어야 할
우리의 역사는 오늘도
혼돈의 시간을
정리해 나간다

유랑민流浪民의 꿈

무지개를 찾아 떠났던
그들은
이곳까지 흘러들었다

산과 강과
그 사이를 비집고 난 길

눈이 내리자
이 모든 것은 하나로 연결되고
설국에 세워진 망명정부 청사
그 깃발에만 무지개가 피었다

색 바랜 세월이
끝없이 흐르는 사이
유랑민들은
통한의 한숨을 토해낸다

그들이 찾던 무지개는
[삶]이 마지막에 소원하던

붉은 산과
흰옷이었으리라

실명失明

몸이 천 냥이면
눈은 구백 냥이라고 했거늘
과연 그렇게 대우해왔던가
아닐 게다
그러니 눈이 성을 낼 수밖에

황. 반. 변. 성.
병명에서 엄습해오는
싱그럽지 못한 느낌은
침침한 눈을 더욱 흐리게 한다

세상이 너무 어지러워
더는 보지 않겠다고
이런 병을 얻었는가

지금껏 눈으로 봐왔던 것들
이제는 기억으로만 간직하고
보지 않고도 아름다움을 느끼는
그런 눈을 가져야 할 나이가 되었나 보다

길

어제 지나간 곳을
오늘 누군가 지나가야 길이 된다
나그네는 그 길을 거부한다
길은 제한이며, 구속이고 두절이다

새들은 하늘에 길을 내지 않는다
물고기도 바다에 길을 내지 않는다
그들은 제한을 뚫고
구속에서 벗어나 두절된 곳을 잇는다

누군가
길이 있느냐고 묻는다면
마음을 따라갈 뿐이라 말하리
창공을 활공하는 새처럼
창파에 유영하는 물고기처럼
영혼의 자유를 누리며
길을 거부하리라

그 시절 광화문

세종문화회관의 육중한 기둥 사이로
가느다란 저녁 햇살이 비치는가 싶더니
어느덧 정동교회 철탑 뒤로 떨어지고,
그사이에 난 작은 골목으로는
낮과 다른 도시의 색이 칠해진다

봄, 여름, 가을, 겨울

수고한 하루를 위로받기 위해
또 다른 수고를 아끼지 않지만
허공의 무게에 짓눌린
허접한 날갯짓은 결코,
세월 따라 떠나간 광화문연가를
불러 세울 수 없다

적막한 어둠 속에서 나누었을
강렬했던 입맞춤은 그 누구의
허기도 채우지 못하고
그저 아침을 맞을 채비를 한다

세종대로 아스팔트 위로
또 다른 햇살이 드리우면
우리가 밤새 그토록 찾아 헤매던
낭만의 안식은 회색의 도시,
그 허무한 중력을 견디지 못하고
허공으로 흩어지며
조로朝露와 같이 사라진다

구도求道

아직 밟지 않는 길 위에는
바람의 흔적이 선명하다
그 위로 또다시
한 줄기 바람이 지나간다

황량한 들판,
바람이 지나간 자리는
공허함으로 가득하고
순수하고 맑은 영혼을 찾아
떠나는 마음은 간절한 기도,
그 울림이 되어
바람에 실려 퍼져 나간다

순례의 궁극은 접신接神-
바람의 고향을 찾아가는 길
허허로움이 맴도는
저 바람의 언덕을 넘어가면
이 여정도 끝나리라

여명기黎明期

새벽,
꾹 눌러 자리한
고요를 밟으며
골목길을 걷는다

지난밤 달빛 속에서
나누었을 별들의 속삭임이
아직도 여기저기 그 흔적을
남기고 있다

몇 발자국
더 가다
뒤돌아본다

정적靜寂의 아름다움을
이 미련한 힘으로 깨트렸다는
죄책감이 나를 앞질러
골목 끝에 우뚝 서 있다

혹서일기酷暑日記

긴 여름날이
이글거리는 태양 아래
축 늘어져 있다
그 길이 만큼
시간도 더디 흐른다
생명들은 슬프게 말라가며
마지막 힘으로 엄마 젖을 찾는다

파비아노 벤투라의 움살라 빙하는
과거에서 현재까지의 역사가 아니라
현재에서 미래로 가는 우리의 현실이다
자연의 역리에 대한
준엄한 징벌이라 치부하기에는
저 푸른 하늘이 너무 아름답다

그렇다 할지라도
솔숲 사이에서 일렁이는 작은 바람
그 뒤를 따라가면
여름의 끝,
가을을 만날 수 있으리

노승의 기도 II

견불산 뒤로 해 떨어지자
산기슭에서 시작된 남실바람은
추녀 끝 풍경을 건들고
절집 마당을 휘감고 돈다

오래전 이곳을 지키던
노승은 어디 가고
이 밤에 고요만이
그 쇳소리를 받아내고 있는가

새벽예불을 올리던 스님의 기도는
이제 풍경소리가 대신하는 듯
그 소리는 끊지 못하는 속연의 줄로
오늘 밤 다시 이어져 간다

어둠을 밝히며 밤을 지켜낸
만등卍燈은 꺼지고,
또 하루를 지켜낼 산사의 아침은
내내 적막하다

고백 시대

잔설 위로 부는 훈풍과 같이
그 사람은 그렇게 찾아왔다
모든 게 봄바람과 같은 찰나였다

그 사람의 눈빛은 바람이었다
역사의 분신과도 같은 분노를
한꺼번에 일깨우는 바람이었다

그 사람의 손짓은 파도였다
불통과 차단의 벽을
일순 부숴버리는 파도였다

그 사람의 심장은 불이었다
차갑던 우리의 몸을 녹여
하나로 빚어낸 불이었다

찰나와 같은 시간에 우리는
눈을 맞추고 손을 맞잡고
서로의 심장을 얼싸안았다

어떤 언어가 이 고백을 담아낼 수 있을까
어떤 문자로 이 심정을 증명할 수 있을까

대를 이어 전해질
이 찰나의 순간이
한 시대로 남겨지길 소원한다

홍콩을 위하여

대륙의 끄트머리에서
제국의 희생양이 되어
어둡고 슬픈 역사의
터널을 빠져나온 너, 홍콩

일찍이 동양의 금강석이라던
그 아름다운 거리에
최루탄과 물대포와
이름도 생경한 음향대포가 왠 말이냐

향기로운 너의 이름답게
새소리 지저귀고
꽃향기 바람에 실려 와
그 거리 가득 채우는 작은 평화에 앞서

어제와 같은 시간이 오늘로 이어지듯
정말 아무렇지도 않은 하루가
내일로 이어질 수 있는
그런 일상을 위해 기도한다

한 번쯤은 나무로 살아가자

한 번쯤은 나무로 살아가자
며칠이고 묵언 수행자처럼
그냥 묵묵히 서 있고 싶다
침묵으로 우리의 이야기를 나누자

한 번쯤은 나무로 살아가자
그 많은 방향을 잠시 접어두고
한자리에 버티고 서 있고 싶다
이 자리에서 세상을 주유하자

햇살 가득한 이 대지 위에
아무 말 없이 우뚝 서 있는
나무 앞에서
신념의 세월로 맹세를 한다

한 번쯤은 나무로 살아가겠다고

새벽―인시寅時

자정을 넘어
어둠은 심야로 흐른다
여명의 서序가
시작되기 직전

천지는 고요로 차고
모두가 잠든 이 시간
구름 같은 시간 위를
홀로 서성거린다

잠 못 이루는 이 밤,
어둠 속에서 불던 바람은
무념無念의 가슴을 관통하며
더 깊은 서쪽으로 달린다

고동鼓動의 온기를 느끼며
쓰러진 나무의 시체를 밟고 서서
서쪽을 등지고 동이 트기를
곡진히 기다릴 뿐

거미줄에 맺힌 이슬은
아직 그대로

4부

유수부사流水浮思

미로

점點과 점點이
마음으로 이어져
사랑의 선線을 맺는다

어둠 속에서
그 선을 잃어버린
우리는 오늘 밤
몽환의 도시를 맴돈다

연서 戀書

스산한 바람이 쓸고 간
밤하늘을 쳐다본다
반짝이는 별을 따다
원고지 한 칸 한 칸을 채운다
별 하나하나에 새겨진
내 젊은 날의 시간이
지금 다시 살아나고 있다

사랑한다 그 말을 못 하고
사랑하였기에 그 말을 못 하고
떠나보낸 그대에게 오늘 밤
별처럼 반짝이던 내 마음을 전하려
이 글을 그대에게 보내리라

스산한 바람이 쓸고 간 밤하늘에
내 사랑은 수묵화의 명암으로
아직 그 자리에 머물고 있다
별이 지고 나면 그대가 머문 자리에서
새벽을 노래하리라

기다림의 의미

오늘도 당신을 만나러 골목으로 나갑니다
골목의 풍경은 여기서 당신과 약속할 때
그때 그대로입니다만 달라진 것은
나는 지금 여기 있고,
당신은 없다는 것입니다

어제처럼 오늘도 당신을 기다립니다
오가는 이들이 모두 당신 같습니다
골목 담장을 타고 내리던 어둠은 내 어깨를 누르고
땅으로 떨어져 산산이 부서집니다
어둠이 짙어질수록 한마음으로 묶었던 골목의 약속은
차츰 어둠에 묻혀 보이지 않습니다

속절없는 기다림은 새로운 의미를 부여합니다
끝내 당신이 오지 않아도 실망하지 않습니다
실망은 체념이고, 체념은 후회이기 때문입니다
당신과 한 약속도, 반복되는 골목의 기다림도
결코 후회하지 않겠습니다

어느덧 새벽달은 서산으로 기울고 나는
이 골목에 나의 마지막 체온을 남기고 돌아서지만
온밤을 새웠던 기다림은 온전히 별이 되어
하나둘 이 골목을 채워갈 겁니다 그러는 사이
우리의 약속은 더 큰 믿음이 되고 그 믿음은
나를 내일 또 이 골목으로 이끌 것입니다

향심向心

마음이 바람을 몰고 간다
허공을 나르던 바람은
쓰러지는 대나무에 부딪힌다
대나무 위에서 펄럭이던 깃발은
기억의 사연을 쓸어안고
떨어지는 낙엽에 실려
가을과 함께 포도에 뒹군다

바람을 몰고 간 마음은
밤이 새도록 그 낙엽을
이리저리 휩쓸고
타인 같은 달빛은
무심히 낙엽을 덮는다

아침이 와야 할 그 자리를
그냥 지나가는 소낙비 소리가
대신할 뿐이다

연모 II

그대
보고 싶은 얼굴
오늘 밤 달빛 타고 오려는가
보고 싶은 얼굴이야
서산에 달이 스러지면 그만이거늘

그대
그리운 마음
바다 같은 그리움은 어찌할까
그 마음 감추려
오늘 밤 차라리 눈을 감는다

장덕리에 복사꽃 피면

장덕리의 영춘화는 복사꽃이다
철갑령에서 시작된 찬바람이
골짜기에서 봄을 막아서면
봄보다 먼저 피는 개나리를 뒤로하고
복사꽃이 봄을 맞는다

늘어진 봄만큼 사랑스러운 복사꽃
그 꽃이 피면 장덕리는
천지간이 분홍빛으로 물들고
우리는 시간의 터널을 빠져나와
봄의 설렘을 맞이한다

그 설렘 속에는 먼 옛날,
내 마음속에서 피어난
분홍빛 복사꽃이
고운 눈동자에 그대로 투영되던
그 소녀도 함께 있다

올해도 골짜기에 찬바람이 멎고

장덕리에 복사꽃 피면
먼 옛날 내 마음속에서 피어나던
복사꽃처럼
분홍빛 설렘이 찾아들겠지

여름비

오늘, 여름 어느 날 오후

산에서 시작된 비가
도시의 골목골목에
화석처럼 켜켜이 굳어있는
오염을 씻어낸다
그 비는 타인이 되어
홀로 서 있는 내 곁을 지나
또 쏟아진다

8월의 싱싱한 빗줄기가
지나간 도시는
세수한 아기 얼굴로
내게 다가선다
그 짧은 순간은
죽음처럼 고요하다
옛것은 사랑과 추억 그리고 회한
이를 뒤로하고
먼 도시로 나온 나는

고아처럼 울고 있다

여름비가 도시를 적신다
도시를 적신 빗방울은
짧았던 그 고요를 그리움과 함께
강물처럼 흘러 도시를 빠져나간다

사모불망思慕不忘

눈을 뜨고 바라보아요
그대 정녕 떠나셨나요
지난날 내게 보내주시던
그 눈빛은 사랑이 아니었나요
다른 사랑은 없다고 하시던
그 말은 진정이었나요
당신은 운명을 믿나요
우리의 지울 수 없는
그 아픈 기억도 과연 운명이었나요
그리움이 미움 되고
그 미움이 다시 그리움으로 돌아오는
이 순간에도 당신을 향한
내 마음은 온전한 사랑뿐입니다
같은 운명으로 다시 만난다 할지라도
서러워 흘렸던 눈물 거두고
그저 가슴 깊은 곳에 새겨두렵니다

회복기의 기억

시간이 흐른다
흐르고 흘러 쓸고 간 자리에
희미한 기억만 남는다

그 기억의 흔적에는
선홍빛 상처가 선명하다

살아 있는 날이 줄어들수록
되살아나는 그 기억을
고요가 덮고, 적막이 억누르고,
깊이깊이 묻어두었다 할지라도
그 상처 밑에서는
무심히도 새살이 돋는다

연모 Ⅲ

그립다
말하면
그리워진다

보고 싶다
말하면
보고 싶어진다

만나자
말하면
만날 수 있을까

꿈에서라도

팔월 어느 날

장마가 끝난 팔월,

여름 한가운데서
장대비를 만난다
더위에 지친 잡스러운 기억이
탁류와 함께 쓸려 간다

삶의 일부분으로 침착되었던
첫사랑의 회한이
누군가의 가슴 깊은 곳으로부터
이별 쪽으로 흐른다

비가 그치고
뜨거운 여름은
제자리를 찾아가는데
탁류가 쓸고 간 그 자리는
화전민이 떠난 집터

해변단상 海邊斷想

홀로 된 해변에서
수평선을 바라보며
마음의 조각을 떼어 보낸다
세상과 끊어진 교통의 통로를
한줄기 선으로 이어 온 것은
그. 리. 움.

수없이 띄워 보낸
바다 위의 언어들이
청람靑藍의 빛으로 회귀할 때
이 뜨거운 여름날
나 또한
평생 분신 같은
이 굴레에서 벗어나
끊어진 교통을 잇고
세상으로 나가리라

그리움은 별이 되고

그대를 그리는 내 마음은
밤사이에 꽃이 되고
그 꽃은 새벽이 되기 전에
하늘에 올라 별이 됩니다
그 별들이 하나둘 모여
은하수를 이루고 그 공간만큼
내 마음은 비어갑니다
밤새 비었던 내 마음은 또
그대를 향한 그리움으로 채워지고
오늘 밤에도 하늘에 오른 꽃들은
또 별이 되겠지요

영매靈媒

다시는 돌아오지 않겠다는
말을 남기고 떠난 그 사람을
한시도 잊은 적이 없다
잊히지 않아서 아니라
잊을 수 없기 때문이다

오늘 이 밤
이렇게 눈이 내리는 밤이면
내리는 눈은
그 사람이 있는 하늘과
내가 있는 땅을
잇는 영매가 된다

잠든 나에게 현몽現夢하여
다시는 돌아오지 않겠다는 말은
빈말이며
기억해줘서 고맙다는 인사를 건넨다
매일 밤 눈이 내렸으면 좋겠다

그런데 당신이 있는 그곳에도
눈이 내리는지요

회중언어 懷中言語

K는 오늘도 묵언 수행 중이다
형상되지 않은 언어가
혀끝을 역류하여 가슴에 담긴다
그 언어의 의미는 칼이 되어
시퍼렇게 날이 선 칼이 되어
밖을 향한다
모두를 향해 춤추던 칼은
결국 자신의 앞가슴에 꽂혀
선혈을 흘리면 쓰러진다

폭풍 같은 굿판이 끝났다

젖은 바람이 구름을 몰고 지나간다
그냥 그렇게 지나간다
그냥 그렇게 지나간 자리에
새살이 돋아나고, 기억이 되살아난다
되살아난 기억은 언어를 생산하고
언어는 발아하여 꽃을 피운다
칼에 꽂혔던 그 자리에서도 꽃을 피운다

꽃향기 만발하여 세상으로 날아갈 때도
K는 아무 말 없이 그저 바라볼 뿐이다

11월을 보내며

지난가을
풍요로웠던 향기를 남기고
11월의 모퉁이를 돌아선다

흐르는 향기를 따라 걷던
그 길을, 이 계절의
마지막 보루라 자인하는
들꽃 한 송이가 지키고 있구나

스치는 발자국마다
그리움으로 남겨지는 것은
그 향기에 실려 온
당신의 마음 때문이리오

12월이 시작되는 내일에는
이미 사라지고 없을

연군戀君

留山堂懷俗
孤屋飛來鳥
君便以傳吾
昨夜颱春風
鳥謂此風虛
望數數不實
風和不飛鳥
誰傳我君事

그대를 그리며

산집에 머무르니 세상이 그립다
외로운 이 집에 새 한 마리 날아와
그대의 소식 전해주네
어젯밤 불던 봄바람
새는 그 바람이 허라 하네
실이 아니라도 자주자주 불어 주게나
바람 잦아들고 새 아니 오면
누가 그대의 소식을 전해주리오

해설

성숙, 재발견, 갱신으로서의 '시간'

― 신승준의 시 세계

권　온(문학평론가)

1.

　　베르그송Henri Bergson에 의하면 "시간은 만들어진 것일 뿐이다Time is invention and nothing else." 베르그송의 언급처럼 우리는 인간이 발명한 개념으로서의 시간에 동의해야 한다. 우리는 아침부터 밤까지, 하루의 시작부터 마무리까지 늘 시간을 확인한다. 시계나 휴대폰 또는 컴퓨터 등을 바라보면서 습관적으로 시간을 확인한다. 오직 인간만이 시작도 없고 끝도 없는 흐름으로서의 시간을 주목한다.

　　신승준 역시 시집 『이연당집 · 下』에서 '시간'에 집중한다. 시인이 포착한 시간은 삶의 성숙과 무관한 것이 아니다. 독자들은 이번 시집에서 온갖 체험 또는 경험의 언덕을 넘으며 인생의 가을에 도착한 이의 육성을 들을 테다. 「이순耳順」「늙어 간다는 것」「초하의 이연당에서」「외과병동」「역류逆流」「한 번쯤은 나무로 살아가자」「기다림의 의미」「회복기의 기억」「영매靈媒」 등 아홉 편의 시에서 우리는 신승준의 시간관時間觀을 목도할 수 있다. 시인이 형상화하는 감동적인 시편과 조우할 시간이 다가왔다.

2.

나이가 삶의 영광도
세월의 벌도 아니라지만,
귀가 세상의 이치를 따른다는
이순,
육십 년의 세월을 살았다

이제야 세상이 눈에 들어오고
참된 소리가 들리는 듯하다
그러나 새벽에 보았던
영롱한 초로草露도
아침 햇살에 사라지듯
평생 참이라고 믿었던
그 수 많은 명구名句도
한낱 티끌과 같이 흩어지고
우리는 또 침묵의 밤을 맞이한다

육십 평생

나를 성가시게 하던
사사망념邪思妄念에 쫓기어
그 굴레의 의미마저 의심하였건만
이 세상은 그들까지도
존재해야만 비로소
완성된다는 사실을 깨달았으니
나도 이제
이순임이 분명하도다

—「이순耳順」 전문

　인간은 누구나 '시간'의 흐름을 거스를 수 없다. 시적
화자 '나'는 '나이'에 관하여 사유한다. '나'가 바라본 '나
이'는 "삶의 영광도/ 세월의 벌도 아니"다. '나'에게 '나
이'는 '나이'일 뿐이다. '나'가 처음부터 '시간' 또는 '나이'
를 가치 중립적으로 이해한 것은 아닐지도 모른다. '약관
弱冠'과 '이립而立' '불혹不惑'과 '지천명知天命'이라는 삶의 언
덕들을 거듭 넘은 '나'는 마침내 '이순耳順'이라는 봉우리
에 도달한다. "귀가 세상의 이치를 따른다"는 그곳에서
'나'는 스스로의 "육십 년의 세월을" 되돌아본다.
　'나'는 '이순'에 이르러 "이제야 세상이 눈에 들어오고/
참된 소리가 들리는 듯하다"라며 감탄한다. '이순'이라는
'나이'에는 "새벽에 보았던/ 영롱한 초로草露"나 "평생 참
이라고 믿었던/ 그 수많은 명구名句"의 허위를 허무는 힘
이 있다. "육십 평생/ 나를 성가시게 하던/ 사사망념邪思

106

妄念" 앞에서, 의심으로 점철된 생生의 궤적 앞에서 시적
화자는 어떤 선택을 내릴 것인가? '나'는 "이 세상은 그
들까지도/ 존재해야만 비로소/ 완성된다는 사실을 깨
닫"는다. '나'는 플러스만 가득한 삶이란 없다는 것을, 마
이너스를 껴안을 때 비로소 삶이 바로 서고, 세상이 완
성된다는 깨달음에 도달한다. 그러한 '시간'이, 그러한
'나이'가 바로 '이순'이다.

> 속절없이 가는 청춘이 아쉬워
> 그 한 자락 떼어내 감춰 두었다가
> 오는 황혼 끝에 슬쩍
> 붙여 놓으려 했더니
> 야속한 세월 어찌 알았는가
> 뒤돌아온 세월에
> 머리에는 하얀 꽃이 만발하네
>
> 막을 수 없는 세월이라면
> 늘어나는 백발만큼 만이라도
> 늙은이의 지혜로
> 세상을 보게 하소서
>
> ―「늙어 간다는 것」 전문

신승준의 이번 시집에서 눈에 띄는 테마 중 하나는 '노
화老化'임에 틀림없다. 앞에서 살핀 「이순耳順」과 함께 「늙
어 간다는 것」 역시 '시간'의 흐름을 다룬다. 시인은 이

시에서 '세월'이라는 단어를 적극적으로 활용한다. 그가
바라보는 세월은 "야속한 세월"이자 "뒤돌아온 세월"이
며 "막을 수 없는 세월"이다. 신승준이 인식하는 '세월'은
부정적인 속성으로 가득한 시적 대상이다. 그것은 '황혼'
이나 '하얀 꽃' 또는 '백발' 등의 어휘와 연결됨으로써 독
자들의 상상력을 강렬하게 자극한다. 시인이 이 대목에
서 설정한 '빛' 또는 '색'은 '노년老年'에 들어선 인생人生의
면모를 적확하게 포착한다. 이 시가 주목하는 '늙어 간다
는 것'이라는 테마는 '청춘靑春'과 대비되는 성격을 지닌다
는 점에서 부정적이지만 '지혜'라는 강력한 무기를 가진
다는 점에서 긍정성을 확보한다. 삶에서 시간 또는 세월
의 축적이 반드시 나쁜 것만은 아님을 설득력 있게 보여
주는 작품이다.

자라목 재岾를 넘어
불어오던 바람은
마당 한편에 자리한
자미화 향기 머금고
문지방을 넘어선다

창공을 나르던 새 한 쌍이
그 향기를 쫓아서
팔랑팔랑 뒤따르니
세상에 귀한 것 또 무엇 있으랴

속세를 떠나 등 돌리고 앉은 이곳에
꽃향기와 새들이 친구가 되어주니
차안此岸일망정
이만한 복락이 어디 있겠소

곧 찾아들 피안彼岸이 이만하겠나
화조지화花鳥之和의 벗들과
오래오래 머물고 싶을 따름이니라
　　　　　　　　　　　—「초하의 이연당에서」 전문

　시간은 초여름, 공간은 한옥韓屋일 테다. 고개를 넘어
불어오는 부드러운 바람은 꽃향기를 담아 코끝을 간질
인다. 고개를 들어 푸른 하늘을 보니 새들도 "그 향기"에
취한 것처럼 춤춘다. 더 이상 "세상에 귀한 것"이 없을,
"속세를 떠나 등 돌리고 앉은 이곳"의 이름은 "이연당怡然
堂"일 게다. 신승준에 따르면 이곳은 비록 "차안此岸일망
정" "꽃향기와 새들이 친구가 되어주"는 공간, "복락"이
가득한 장소이다. 언젠가 마주해야 할 '피안彼岸'은 불확
실성이 지배하는 상상과 다를 것이 없으므로 시인이 이
곳에서 "화조지화花鳥之和의 벗들과/ 오래오래 머물고 싶"
은 것은 당연한 일이고 독자들 역시 그러하리라.

　　외과병동
　　입원실 606호

환자마다 손에는 애기 베개만 한
붕대말이를 하고 있다

최팔석 영감 72세
경운기에 왼손 검지와 중지 절단
무덤덤한 표정 뒤로
가을걷이에 한숨이 앞선다

이동선 반장 58세
조선소 철근 더미에 깔려
엄지 봉합, 장지와 약지는 절단
통증보다 산재 장애등급을 걱정한다

게덴더 천드 네팔 출신 34세
인쇄소 프레스에 오른쪽 손등 절단
없어진 손등보다 네팔에 보내지 못하는
가족 생활비에 밤잠을 설친다

입원실 벽에 걸린
[끊어진 희망을 연결합니다]라는 구호,
이들이 진정 잇고 싶어하는 것은
의미 없는 희망이 아니라
오늘의 생활과 내일의 삶일 것이다

— 「외과병동」 전문

힘이 넘치는 시이다. 여기에서 강조하는 힘은 현장성과 무관한 것이 아니다. 이 시를 읽는 독자들은 "외과병동/ 입원실 606호"라는 현장으로 빨려든다. 이곳에는 다수의 환자들이 머물고 있는데, 신승준은 '72세'의 '최팔석 영감'과 '58세'의 '이동석 반장' 그리고 '34세'의 '게덴 더 천드' 등 구체성을 확보한 환자들을 제시함으로써 독자들의 집중력을 높인다. 606호에 입원 중인 세 명의 환자들은 각각 독자적인 개성을 보여준다. 노년의 '최팔석 영감'은 '경운기'라는 공간과 '가을걷이'라는 행위와 연결된다. 중년의 '이동선 반장'은 '조선소'라는 공간과 '통증'이라는 증상과 관련된다. '네팔'에서 온 '청년'의 이름은 '게덴더 천드' 그는 '인쇄소'라는 공간과 '가족 생활비'라는 관심사로 이해할 수 있다. 전 5연으로 구성된 이 시에서 5연은 작품의 마무리를 담당한다. 시인은 "입원실 벽에 걸린/ [끊어진 희망을 연결합니다]라는 구호"에서 무엇을 발견하는가? 그에 따르면 환자들에게 긴요한 바는 '희망'이라는 겉으로 드러난 표현이 아니라 "오늘의 생활과 내일의 삶"이라는 참된 의미일 테다. 시인의 이러한 판단에 독자들 역시 기꺼이 동의할 것으로 믿는다.

뒷산,
매봉산에 올라
한강 너머를 바라본다
서울, 강남 그리고 압구정동

밤의 적막이
현대백화점 앞으로 흐르고
지하철 3호선은 동호대교를 건너
이 밤을 수평으로 잇고 있다

산에서 내려와
금호역 출구로 나서니
찢어진 "재개발구역" 현수막이
옆을 스친다
적막에서 깨어난 오늘 밤
한강은 그 강폭을
두 배로 벌리며
거꾸로 흐른다

— 「역류逆流」 전문

　이 시를 읽는 독자는 '서울 지도'를 준비해야 할지도
모르겠다. 신승준은 언젠가 "매봉산에 올라/ 한강 너머
를 바라"봤을 게다. '한강'을 기준으로 '강북'과 '강남'으
로 나뉘는 서울에서 시인은 강북에 위치한 '매봉산'에 올
랐다. 그의 시선은 그곳에서 '동호대교'를 건너는 '지하철
3호선'을 따라 '강남'으로, '압구정동'으로, '현대백화점'
으로 점점 이동한다.
　전 2연으로 구성된 이 시에서 1연은 '밤의 적막'이 '산
위'에서 작동한다. 이에 반해 2연은 '산 아래'의 "적막에
서 깨어난 오늘 밤"을 배경으로 진행된다. 신승준은 '산

위'에서 '압구정동'으로 대표되는 '강남'을 포착한다. 시인은 또한 '산 아래'에서 '금호역 출구'와 재개발을 알리는 현수막 등 '강북'의 현실을 확인한다. 독자들로서는 2연 후반부의 "한강은 그 강폭을/ 두 배로 벌리며/ 거꾸로 흐른다"라는 진술을 어떻게 받아들여야 할까? '강북'과 '강남'의 차이, 양극화의 심화를 염려하는 시인의 혜안은 '역류'라는 시의 제목에도 견고하게 깃들어 있다.

> 한 번쯤은 나무로 살아가자
> 며칠이고 묵언 수행자처럼
> 그냥 묵묵히 서 있고 싶다
> 침묵으로 우리의 이야기를 나누자
>
> 한 번쯤은 나무로 살아가자
> 그 많은 방향을 잠시 접어두고
> 한자리에 버티고 서 있고 싶다
> 이 자리에서 세상을 주유하자
>
> 햇살 가득한 이 대지 위에
> 아무 말 없이 우뚝 서 있는
> 나무 앞에서
> 신념의 세월로 맹세를 한다
>
> 한 번쯤은 나무로 살아가겠다고
> ── 「한 번쯤은 나무로 살아가자」 전문

인간은 때때로 나무를 찾는다. 우리는 자석에 이끌리는 쇠처럼 나무에 이끌리곤 한다. 나무는 사람들에게 어떤 영향력을 행사하는가? 그것은 평화일 수 있고, 안전일 수 있으며, 자유일 수도 있다. 신승준은 여기에서 독자들에게 "한 번쯤은 나무로 살아가자"라고 제안한다. 시인은 우리에게 인간으로서의 삶을 잠시 내려놓고 나무가 되어보자고 말한다. 그가 나무에서 발견한 미덕은 무엇인가? 시인은 나무에서 '침묵'을 발견하고 '묵언 수행자'를 꿈꾼다. 그는 나무에서 오랜 시간 '한 자리'에 위치하는 덕행을 파악하기도 한다. 그리하여 우리는 "아무 말 없이 우뚝 서 있는 / 나무"에서 '신념'을 길어 올리는 신승준의 혜안에 놀라지 않을 수 없다.

오늘도 당신을 만나러 골목으로 나갑니다
골목의 풍경은 여기서 당신과 약속할 때
그때 그대로입니다만 달라진 것은
나는 지금 여기 있고,
당신은 없다는 것입니다

어제처럼 오늘도 당신을 기다립니다
오가는 이들이 모두 당신 같습니다
골목 담장을 타고 내리던 어둠은 내 어깨를 누르고
땅으로 떨어져 산산이 부서집니다
어둠이 짙어질수록 한마음으로 묶었던 골목의 약속은
차츰 어둠에 묻혀 보이지 않습니다

속절없는 기다림은 새로운 의미를 부여합니다
끝내 당신이 오지 않아도 실망하지 않습니다
실망은 체념이고, 체념은 후회이기 때문입니다
당신과 한 약속도, 반복되는 골목의 기다림도
결코 후회하지 않겠습니다

어느덧 새벽달은 서산으로 기울고 나는
이 골목에 나의 마지막 체온을 남기고 돌아서지만
온밤을 새웠던 기다림은 온전히 별이 되어
하나둘 이 골목을 채워갈 겁니다 그러는 사이
우리의 약속은 더 큰 믿음이 되고 그 믿음은
나를 내일 또 이 골목으로 이끌 것입니다
—「기다림의 의미」 전문

시적 화자 '나'와 '당신'이 이끄는 시이다. '나'와 '당신'
은 누구나가 그러하듯이 '시간'의 흐름 속에서 살아간다.
'어제' 나는 "당신을 기다"렸다. 여기에서의 '어제'는 단
순한 어제가 아닌 '과거' 일반을 의미할 테다. '어제'는
'나'가 '당신'을 기다리다가 만날 수 있는 시간이다. 시간
은 '어제'에 머무르지 않고 움직여 '오늘'이 되었다. '나'는
"오늘도 당신을 만나러 골목으로 나"가지만, 어제와는
달리 '당신'을 만날 수 없다. '골목의 풍경'은 그대로이지
만 "나는 지금 여기 있고, 당신은 없다" '나'와 '당신' 사
이에 맺은 '골목의 약속'은 '오늘' "어둠에 묻혀 보이지

않"는다. '현재'는 '당신'이 부재하는 시간이다.

이 시의 진정한 힘은 3연과 4연에서 두드러지는데, 이는 '나'가 "속절없는 기다림" 앞에서 "새로운 의미를" 발견하는 상황과 무관하지 않다. '나'는 "끝내 당신이 오지 않아도 실망하지 않"고, "당신과 한 약속도, 반복되는 골목의 기다림도/ 결코 후회하지 않겠"다고 단언한다. '당신'을 향한 '나'의 기다림은 '실망'이나 '체념' 또는 '후회'가 아니라 '새로운 의미'로 수렴된다. 부정성으로 추락할 수 있는 위기의 상황에서 오히려 '나'는 긍정성이라는 빛나는 날개를 마련하고 있기에 독자들은 감동하게 된다. '새벽달'을 바라보며 "온밤을 새웠던 기다림"이 "온전히 별이 되어/ 하나둘 이 골목을 채워"간다는 진술은 숭고미崇高美에 육박한다. '당신'을 위한 '나'의 간절한 그리움은 두 사람을 '우리'로 묶는데 성공한다. '나'의 약속은 "우리의 약속"이 되고 "더 큰 믿음"으로 이끌 것이며, '나'는 '내일' 곧 '미래'에도 '이 골목'에서 '당신'을 기다릴 테다. 신승준이 이 작품에서 형성하는 '기다림의 의미'에 공감할 수 있는 독자들이 적지 않을 것임을 믿는다.

시간이 흐른다
흐르고 흘러 쓸고 간 자리에
희미한 기억만 남는다

그 기억의 흔적에는

116

선홍빛 상처가 선명하다

살아 있는 날이 줄어들수록
되살아나는 그 기억을
고요가 덮고, 적막이 억누르고,
깊이깊이 묻어두었다 할지라도
그 상처 밑에서는
무심히도 새살이 돋는다

　　　　　　　　　　─「회복기의 기억」 전문

'시간'은 인간의 삶에서 본질적인 요소 중 하나이다. 시간은 늘 움직이는 속성을 갖고 있기에 한곳에 머무르지 않는다. 시간이 지나간 뒤에 남는 것은 '기억'이다. 시인은 '기억의 흔적'에서 '선홍빛 상처'를 발견한다. 우리는 생生의 궤적에서 비롯되는 기억에서 때때로 깊은 상처를 포착한다는 사실에 주목해야겠다. 기억이라는 이름의 저장소에 흔적을 남기는 경우 중 하나가 상처이다. 불행이나 우울 또는 절망이라는 이름으로 남아있는 상처는 "살아 있는 날이 줄어들수록" 더욱 강렬하게 "되살아"날 수 있다. 모래시계의 모래가 줄어들 듯 삶은 탄생의 순간부터 조금씩 죽음을 지향한다. 사람들은 '고요'나 '적막'이라는 이름으로 간혹 '시간'이나 '기억' 또는 '상처'를 감추거나 다독인다. 긴요한 것은 우리가 언제까지나 상처에 매몰되어서 살아갈 수는 없다는 사실이다. "무심

히도 새살이 돋는" 것, 천연덕스럽게 회복하는 것이 삶
이기 때문이다.

다시는 돌아오지 않겠다는
말을 남기고 떠난 그 사람을
한시도 잊은 적이 없다
잊히지 않아서 아니라
잊을 수 없기 때문이다

오늘 이 밤
이렇게 눈이 내리는 밤이면
내리는 눈은
그 사람이 있는 하늘과
내가 있는 땅을
잇는 영매가 된다

잠든 나에게 현몽現夢하여
다시는 돌아오지 않겠다는 말은
빈말이며
기억해줘서 고맙다는 인사를 건넨다
매일 밤 눈이 내렸으면 좋겠다

그런데 당신이 있는 그곳에도
눈이 내리는지요

　　　　　　　　　　　　　　—「영매靈媒」전문

이 시의 제목이기도 한 '영매靈媒'란 신령神靈이나 죽은 사람의 영혼과 의사가 통하여, 혼령과 인간을 매개하는 사람을 뜻한다. 시적 화자 '나'는 여기에서 대기 중의 수증기가 찬 기운을 만나 얼어서 땅 위로 떨어지는 얼음의 결정체로서의 '눈'을 '영매'로 규정한다. '나'가 '눈'을 '영매'로 규정하는 까닭은 '눈'이 "그 사람이 있는 하늘과/ 내가 있는 땅을/ 잇는" 역할을 담당하기 때문이다. '하늘'에 있는 '그 사람'은 '죽은 사람'이고, '땅'에 있는 '나'는 '산 사람'일 게다. '그 사람'은 '나'에게 "다시는 돌아오지 않겠다는/ 말을 남기고 떠난" 인물이지만, '나'는 "그 사람을/ 한시도 잊은 적이 없다" '저승'에 있는 '그 사람'과 '이승'에 있는 '나'가 만날 수 있는 예외적인 시간은 '눈이 내리는 밤'이다. 눈이 내리는 밤, '나'의 꿈에 '그 사람'이 나타나서 "기억해줘서 고맙다는 인사를 건넨다"라는 진술은 얼마나 감동적인가? '나'가 '그 사람'과의 잦은 만남을 기대하며 "매일 밤 눈이 내렸으면 좋겠다"라는 아름다운 심경을 밝힐 때, 독자들은 한때 사랑하였으나 지금은 곁에 없는 그를 또 그녀를 언제까지나 그리워할 테다.

3.

신승준의 새 시집을 '시간'의 관점에서 살피었다. 가령

「이순耳順」에서 시적 화자 '나'는 플러스만 가득한 삶이란 없음을, 마이너스를 껴안을 때 비로소 삶이 바로 서고, 세상이 완성된다는 깨달음에 도달한다. 그러한 '시간' 또는 '나이'가 바로 '이순'이다. 「늙어 간다는 것」이 주목하는 테마는 '청춘靑春'과 대비되는 성격을 지닌다는 점에서 부정적이지만 '지혜'라는 강력한 무기를 가진다는 점에서 긍정적이기도 하다. 삶에서 시간 또는 세월의 축적이 반드시 나쁜 것만은 아님을 설득력 있게 보여주는 시이다.

「기다림의 의미」에서 '당신'을 향한 '나'의 기다림은 '실망'이나 '체념' 또는 '후회'가 아니라 '새로운 의미'로 수렴한다. '새벽달'을 바라보며 "온밤을 새웠던 기다림"이 "온전히 별이 되어/ 하나둘 이 골목을 채워"간다는 이 시의 진술은 숭고미崇高美를 깨운다. 「회복기의 기억」은 시간이 지나간 뒤에 남는 '기억'에 집중한다. 시인은 '기억의 흔적'에서 '선홍빛 상처'를 발견한다. 이 시는 우리가 언제까지나 상처에 매몰되어서 살아갈 수 없음을 보여준다. "무심히도 새살이 돋는" 것, 천연덕스럽게 회복하는 것이 삶이기 때문이다.

베르그송Henri Bergson에 따르면 "(인간이) 존재한다는 것은 변화한다는 것이고, 변화한다는 것은 성숙해진다는 것이며, 성숙해진다는 것은 스스로를 끊임없이 창조하는 것이다To exist is to change, to change is to mature, to mature is to go on creating oneself endlessly." 신승준의 이번 시집은 우리에게 인간과 시간의 관련성을 진지하게 생각할 수 있는 계기를 마련해주었다. 베르그송의 진술처럼 인간에게 시간의 흐름에 따른 변화란 자연스러운 과정이자 성숙의 원인일 수 있다. 우리는 앞으로도 오랫동안 신승준의 시를 읽으며 매일매일 스스로를 재발견하고 갱신할 수 있기를 바란다.

황금알 시인선